SATIRE

SUR

LA FAUSSE PHILOSOPHIE.

SATIRE

SUR

LA FAUSSE PHILOSOPHIE.

Par M. CLÉMENT.

M. DCC. LXXVIII.

SATIRE
SUR
LA FAUSSE PHILOSOPHIE.

SE dire Philosophe est la mode aujourd'hui ;
L'on n'entend que ce mot : mais, bon Dieu ! quel ennui
De voir des charlatans nous étaler sans cesse
Tant de Philosophie, & si peu de Sagesse !

Et quel siecle, en effet, de molesse abattu,
Si riche en beaux discours, fut si pauvre en vertu ?

Nos peres corrompus, qu'effrayoit notre audace,
Ont maudit les excès de leur coupable race ;
Et nos fils, plus que nous, dans le crime exercés,
Par leurs enfans pervers se verront surpassés.

Amitié, nœuds du sang, amour de la patrie,
Vous n'êtes rien pour nous ; l'intérêt seul nous lie :
L'avare faim de l'or a séché tous les cœurs ;
L'honneur se voit fermer la porte des honneurs ;

A 2

La fraude s'enrichit des publiques ruines,

Et s'éleve aux grandeurs fur des tas de rapines.

Tous les rangs font vendus à qui peut les payer :

Aux mains du lâche on voit le fceptre du guerrier ;

Du glaive de Thémis l'Injuftice eft armée :

Dans les lieux les plus faints la Débauche allumée

Sous le froc fcandaleux leve un front libertin ;

Et l'Impiété marche une croffe à la main.

Dieu n'eft plus qu'un fantôme, & l'ame eft un vain fonge.

Ainfi, fans nul remords, dans le crime on fe plonge,

Et tous lâchant la bride aux plus affreux penchans,

Corrompus par fyftême, avec art font méchans.

Écoutez-les pourtant, d'un jargon magnifique,

Nommer ce fiecle impie, âge philofophique :

Chacun eft Philofophe, & n'en prend que le nom ;

On vit en fcélérat, & l'on parle en Caton ;

Et bornant la fageffe à de belles maximes,

Du manteau des vertus on habille fes crimes.

Que dis-je ? Rien n'eft mal à qui fait raifonner.

Au vice hardiment on peut s'abandonner ;

Le Philofophe a l'art de difculper le vice :

Il n'eft corbeau fi noir que cet art ne blanchiffe.

Demandez à *Crifpin* pour quel heureux talent

Plutus l'a fait monter fur fon char opulent ;

Crispin fait de sa femme un trafic adultere ,

Et de son lit vénal Plutus est tributaire.

Si vous vous indignez , il sourit de mépris :

» Vieux préjugé , dit-il, dont nous sommes guéris !

» Quand on est Philosophe , on brave , sans scrupule,

» Un chimérique affront , un honneur ridicule.

» L'Hymenée est un joug incommode & pesant ;

» S'il peut nous enrichir, c'est un joug bienfaisant :

» Mais raisonnons un peu. Dans ce monde où nous sommes,

» L'Opinion volage est la Reine des hommes.

» Ce qui chez nous est mal , est souvent bien ailleurs.

» Le Lapon , sous sa hute , à l'abri des railleurs,

» Vous offre sa compagne , & même avec priere ,

» Vous presse d'honorer sa couche hospitaliere.

» Cet autre , plus heureux en de plus doux climats ,

» De sa fille , avec soin , cultive les appas,

» Pour vendre cette fleur du Sultan recherchée ,

» Que l'ennui du serrail aura bientôt séchée.

» Quel est donc cet honneur par vous si révéré ,

» Que vingt peuples divers ont toujours ignoré ,

» Qui change avec le lieu, l'habit & le langage ?

» C'est le tyran des sots , & l'esclave du sage «.

Un jour, l'ami sensé d'un Abbé peu Chrétien

Le gourmandoit ainsi , dans un libre entretien :

» Vous qui n'avez de foi qu'aux plaisirs de ce monde,

» Qui raillez de *Beauvais* la piété profonde,

» Qui traînez le scandale en habit de Prélat,

» Et diffamez la Croix qui fait tout votre éclat ;

» Que n'avez-vous choisi, sur cette vaste scène,

» Un rôle plus conforme à votre humeur mondaine ?

» Et pourquoi du Public affronter les rumeurs

» Sous un habit sacré que profanent vos mœurs ?

 » Ami, dit le Prélat, c'est par Philosophie.

» Que *Beauvais*, à son gré, prêche & vous édifie ;

» Moi, je veux être heureux. Formé pour les plaisirs,

» Je voyois la Fortune ingrate à mes désirs.

» Ennemi du travail qui nous lie à sa chaîne,

» Et vend trop cher les biens qu'il nous donne avec peine,

» Falloit-il à mon Prince immoler mon repos,

» Briguer à son service un emploi de Héros ;

» Ou, sur les fleurs de lys, maudire, à l'audience,

» Des Avocats criards la menteuse éloquence ;

» Ou calculer l'argent que l'État doit payer,

» Et ce qu'il rend au Roi, mais sur-tout au Fermier ?

» Non : je voulois, sans soins, libre & dans l'indolence,

» Savourer les doux fruits d'une oisive opulence ;

» J'enviai du Clergé les paisibles trésors :

» Et l'Intrigue, à la Cour, dirigeant mes efforts,

» J'avançai près des Grands, en careſſant leurs vices ;
» De leurs femmes ſur-tout j'encenſai les caprices ;
» Flexible à leurs humeurs, je ſervois, nuit & jour,
» Leurs brigues, leurs plaiſirs, leur haine & leur amour ;
» Et bientôt la faveur, couronnant mon attente,
» Ceignit ce front mondain d'une mitre éclatante *.
» Ainſi, par mes plaiſirs tous mes jours ſont comptés :
» La Richeſſe & le Luxe, amans des Voluptés,
» Préparent mes feſtins, mes jeux & mes délices ;
» J'enrichis la Beauté qui m'offre ſes prémices.
» Du vulgaire envieux que m'importent les cris ?
» Je laiſſe le remords aux timides eſprits ;
» Et bénis des humains la pieuſe foibleſſe
» Qui conſacra ſes dons à nourrir ma molleſſe «.

Grace au Raiſonnement, ſophiſte accrédité,
Et du libertinage orateur effronté,
Il n'eſt plus ici-bas de vice, ni de crime ;
Tout ce qui plaît eſt bon ; tout devient légitime :
Ces nobles ſentimens qu'inſpirent les vertus,
Ces remords, dont ſouvent nos cœurs ſont combattus,

---

* Le Prélat par la brigue aux honneurs parvenu,
  Ne ſut plus qu'abuſer d'un ample revenu,
  Et, pour toutes vertus, fit, au dos d'un carroſſe,
  A côté d'une mitre, armorier ſa croſſe.
                    Lutrin, Chant 6.

Sont de vains préjugés, dont l'homme encor novice
Est, dès ses premiers jours, bercé par sa nourrice,
Dans son cerveau flexible aisément imprimés,
Enfans de l'habitude, en vertus transformés.
L'homme, abusé long-temps d'une erreur générale,
Fit descendre du Ciel la sévere Morale,
Et, tyran de son cœur prompt à se mutiner,
De devoirs importuns se plut à l'enchaîner.
L'homme plus Philosophe, & plus doux à soi-même,
S'est fait, pour vivre heureux, un plus sage syftême :
L'intérêt personnel est son unique loi,
Et son premier devoir est de n'aimer que soi :
Ses plaisirs font ses mœurs, son bien fait sa justice,
La fraude n'est pour lui qu'un prudent artifice ;
Savoir le mieux tromper, c'est là le seul honneur :
Le mal d'autrui n'est rien s'il fait notre bonheur :
La sourde oppression, les rapines subtiles
Sont d'un esprit adroit les reffources utiles ;
Et, pourvu qu'on échappe à l'aveugle Thémis,
Un crime bien secret devient jufte & permis.

  Ainsi, l'on peut nier, avec Philosophie,
Le dépôt qu'un ami, sans témoins, nous confie,
Vendre tous les secrets qu'il cache en notre cœur,
Et de son lit jaloux tramer le déshonneur.

Ainsi, de *Caróndas* la main déterminée

A trois fois étouffé le flambeau d'Hyménée;

Et trois fois la victime, attirée en ses laqs,

En apportant sa dot, vint signer son trépas.

Ce n'est pas qu'imitant la fille de Tyndare *,

Il ait armé son bras d'une hache barbare;

Ses femmes n'ont point eu le fort du Roi d'Argos :

Un breuvage discret, suivi d'un plein repos,

Mettant le Philosophe à l'abri du scandale,

Fit à ses trois moitiés passer l'onde fatale.

Quoi, toutes trois ? Le monstre! --Ah! soyez moins surpris;

Dix auroient même fort, s'il en épousoit dix.

    J'entends déja quelqu'un me dire avec colère :

» Singe de Juvénal, Censeur atrabilaire,

» Crois-tu, si notre siecle enfanta ces noirceurs,

» Que l'Encyclopédie ait perverti nos mœurs ?

» Déclamateur chagrin, raisonne mieux ; écoute :

» L'homme en tout tems le même, est né méchant sans doute.

» De tout tems on a vu la noire trahison

» Aiguiser le poignard, ou verser le poison;

» Et, quoi qu'on nous ait dit des mœurs du premier âge,

» Le monde encore enfant n'en étoit pas plus sage.

---

* Clytemnestre.

» Mais n'allons pas ſi loin chercher la vérité.

» Quand le François, nourri dans la férocité,

» Au meurtre, par honneur, inſtruit dès ſon enfance,

» Paîtri de préjugés, cuiraſſé d'ignorance,

» N'avoit que ſa valeur pour juſtice & pour loi,

» Tyran de ſes vaſſaux, s'armoit contre ſon Roi;

» A la voix d'un Hermite, alloit avec ſa Belle,

» Pour laver ſes péchés, combattre l'Infidele;

» Ou déſoloit la France en dévot aſſaſſin,

» Et pour notre ſalut nous déchiroit le ſein;

» Etoit-il Philoſophe? Et l'Encyclopédie

» A-t-elle de la Ligue allumé l'incendie?

» Dans ces jours ſi cruels, ſuivis de jours ſi doux,

» Avoit-on plus d'honneur & de vertu que nous? «

Peut-être: mais enfin, de quoi ſe glorifie

Ce ſiécle de molleſſe & de Philoſophie?

Dites-moi: Le François a-t-il un cœur plus franc,

Plus prodigue à l'Etat de ſon généreux ſang,

Plus ardent à venger la plaintive innocence,

Contre l'iniquité que ſoutient la puiſſance?

Le François Philoſophe eſt-il plus reſpecté,

Pour la foi, la candeur, l'exacte probité?

Où ſont-ils ces Héros, ces vertueux modèles,

Que l'Encyclopédie a couvés ſous ſes ailes?

Cherchons, fous les drapeaux de la gloire & de Mars,
Les rivaux des Nemours, des Gaftons, des Bayards.
La pourpre des Harlais, jadis fi révérée,
Du même éclat encor fe voit-elle illuftrée?
Et quel Miniftre enfin, près d'un Roi généreux,
Qui met tout fon bonheur à voir fon peuple heureux,
Pour éclairer fes pas d'un confeil toujours fage,
Dans les nobles projets où fa vertu l'engage,
Pour vaincre tous les foins dont il eft affailli,
Ne voudroit égaler ou d'Amboife, ou Sully?

    Ceffons, par nos mépris, d'outrager nos ancêtres.
Pour les leçons d'honneur ils font encor nos maîtres;
Et leurs mâles défauts, de candeur revêtus,
Montroient plus de grandeur que nos foibles vertus.
Il eft vrai; tant leur ame alors étoit groffière!
Ils n'avoient point fenti que l'homme eft tout matière;
Ils n'avoient point cet art d'égarer le bon fens
Au labyrinthe obfcur des grands raifonnemens,
Et, fous le fard trompeur des brillantes maximes,
Donner même vifage aux vertus comme aux crimes.
De la Nature alors laiffant parler la voix,
Ils cédoient, fans rougir, à fes plus faintes loix,
Ils aimoient les doux noms & de fille & de mère,
Le frère n'étoit point étranger à fon frère;

Et, par Philofophie, un fils dénaturé,

Chez eux, dit-il jamais à fon père éploré :

» Je ne dois rien à qui m'a donné la naiffance :

» Ma vie eft-elle un fruit de votre bienfaifance ?

» Preffé de l'aiguillon d'une amoureufe ardeur,

» Vous cherchiez le plaifir, & non pas mon bonheur,

» Non, jamais vos bienfaits n'égaleront peut-être

» *La fomme des malheurs attachés à mon Etre.* *

Maintenant rendez grace à ces nouveaux Docteurs,

De l'humaine raifon hardis réformateurs,

Qui nous applaniffant un chemin pour bien vivre,

Ont banni la vertu trop difficile à fuivre,

Et, fans nous impofer de pénibles efforts,

Pour nous guérir du vice, ont chaffé les remords.

Que notre âge éclairé de leur fage lumière,

Pour de fi doux bienfaits, les aime & les révère ;

Qu'avec honneur, par-tout, leurs oracles foient lus ;

Qu'ils foient enfin les Dieux de ceux qui n'en ont plus ;

J'y confens ; mais je veux, libre dans mes hommages,

Placer mieux mon encens, & choifir d'autres Sages.

Si j'en fens tout le prix, je veux, d'un fi beau nom,

Honorer l'homme vrai, fimple, équitable & bon,

---

* Expreffions empruntées à ces Déclamateurs lugubres qui fe difent Philofophes.

Dont l'ame s'élevant à son Auteur suprême,
Hait le mal, fait le bien pour l'amour du bien même,
Qui, trouvant la vertu née au fond de son cœur,
Suit ce guide secret qui n'est jamais trompeur.

Le Sage qui m'est cher, & que seul je respecte,
S'en va t-il arborer l'étendard d'une secte,
Et par-tout attirant la foule sur ses pas,
A la Philosophie enrôler des soldats ?
La Piété par lui se voit-elle insultée ?
De peur d'être dévot, deviendra-t-il Athée ?
Ira-t-il, chamarré de systêmes nouveaux,
Philosophe empyrique, & fier de ses tréteaux,
Sous le nom de Sagesse exquise & raisonnée,
Vendre aux sots ébahis sa drogue empoisonnée ?

On ne le verra point, par l'intrigue conduit,
Chercher des partisans de réduit en réduit :
Il craint l'éclat, il fuit les partis, les cabales,
Vit paisible & caché, loin des sectes rivales ;
Et s'inquiéte peu si la faveur du jour
Vers l'une ou l'autre brigue a fait pencher la Cour,
Si, d'un commun effort, le Mortier & la Crosse,
De l'Encyclopédie ébranlent le Colosse.

Il n'enviera jamais un poste ambitieux,
Pour réformer l'Etat qui n'en iroit pas mieux :

Non qu'il ne lui fût cher de rendre heureux les hommes;

Mais, de notre bonheur ennemis que nous fommes!

Indulgens pour le mal, armés contre le bien,

Qu'un Dieu l'ofe entreprendre, un Dieu n'y pourra rien.

Le Sage, trop inftruit qu'au regne affreux du vice,

On tenteroit en vain d'oppofer la juftice;

Qu'on foumettroit plutôt un lion irrité,

Que de mettre aux méchans le frein de l'équité;

Qu'il périroit cent fois, martyr de leur furie,

Sans qu'il rendît fa perte utile à fa Patrie;

Ne pouvant vivre enfin pour le bonheur d'autrui,

Va, plaignant les humains, vivre du moins pour lui :

Et, tel qu'un voyageur accueilli d'un orage,

Rencontrant, avec joie, une grotte fauvage,

Y brave, en attendant que les Cieux foient plus doux,

L'injure de la pluie, & les vents en courroux;

Tel le Sage, à l'abri des tempêtes civiles,

Loin de l'Iniquité, cette Reine des villes,

Trouvant dans fa retraite, à l'ombre de fes bois,

La paix, la liberté qui fuit la Cour des Rois,

D'un cours égal & pur voit s'écouler fa vie,

Oublié des méchans, qu'à fon tour il oublie.

F I N.